»Springinsfeld« ist kein Titel, sondern eine Einladung an den Leser. Er wird gebeten, mit den Gedichten dieses Bandes ›ins Feld zu springen‹ – sich also in sie hineinziehen zu lassen und sich in ihnen wiederzuerkennen. Peter Maiwald war immer ein politisch denkender, aber sinnlich schreibender Schriftsteller. Durch die politischen Umbrüche der vergangenen Jahre erschließen sich seiner Lyrik neue Dimensionen. Die seither entstandenen Gedichte sind sowohl in sprachlicher wie in formaler Hinsicht virtuose Kabinettstücke. Sie verbinden politische Intelligenz mit Lebensfreude, Geistes-Gegenwart mit Traditions-Bewußtsein. Dabei sind sie nie verrätselt oder dunkel. Maiwald sagt, was er denkt – aber er sagt es so kunstvoll, daß sich die Zeilen wie von selbst einprägen. Die erotischen Gedichte des Bandes sind wahre Wortwunderwerke: Sie benennen deutlich, wovon sie erzählen, werden aber nie peinlich genau. Sie sind anmutige Liebes-Erklärungen, die drastische Details nicht nötig haben. Sie sprechen von beidem: vom Genuß und vom Ernst der Sache.

Peter Maiwald, *1946 geboren, studierte in München. Seit 1968 ist er freier Schriftsteller und lebt heute in Düsseldorf. Er veröffentlichte vor allem Gedichte und Kurzprosa, aber auch Reportagen, Hörspiele und Kinderbücher.*

Peter Maiwald

Springinsfeld

Gedichte

Fischer Taschenbuch Verlag

Veröffentlicht im Fischer Taschenbuch Verlag GmbH, Frankfurt am Main, August 1994

Lizenzausgabe mit freundlicher Genehmigung des S. Fischer Verlags GmbH, Frankfurt am Main

Gesamtherstellung: Clausen & Bosse, Leck
Printed in Germany
ISBN 3-596-12155-8

Gedruckt auf chlor- und säurefreiem Papier

Für Jan Kappel

Ich

Die Tage werden kürzer.
Der Tod mein Lebenswürzer.
Die Liebe meine Schwester.
Uns geht's doch gut mein Bester.

Die Tage werden länger.
Der Korn mein Rattenfänger.
Der Zorn mein lieber Bruder.
Mach's gut mein Lebensluder.

Die Tage werden süßer.
Die Kunst mein Lückenbüßer.
Das Geld mein Unverwandter.
Grüß Gott du Neuheit mein Bekannter.

Die Tage werden bitter.
Die Zeit mein liebster Schnitter.
Das Wort mein Übervater.
Nun kratz mich Lebenskater.

10 **Schwäche**

Ich werde mich morgen verraten.
Ich halte die Maske nicht aus.
Ich bin ein Mensch. Morgen
geh ich zu den Wölfen heraus.

Schneeweißchen schlug Schneerosenrot
mit Talern, Eisenhänsen.
Hans, der das Fürchten nicht gelernt
darf nun die Schule schwänzen.

Rotkäppchen liegt dem Wolf im Bauch
und träumt von Wackersteinen.
Die Aschenputtel vor der Tür
müssen Glasperlen weinen.

Die böse Fee mit ihrem Fluch
erfand uns goldne Hecken.
Wer wird uns das Dornröschen nun
in hundert Jahren wecken?

Frau Holle schneit ins deutsche Haus.
Am Hintern friert Pippichen.
In meinem Land lebt Goldmarie
im Land der Pechmariechen.

Ich Hasenfuß verrannt, verhetzt
geschlagen von den Igeln.
Ich lebe nun im Wunderland
mit Alice hinter Spiegeln.

Triptychon

*Aus einer Mutter in die Welt gebettet
versorgt mit Mangel heimgezahlt mit Liebe
belehrt: Das Leben eine Folge Hiebe
und daß wer stark ist sich alleine rettet.*

*Aus einem Vater in die Welt gesprungen
gehegt mit Dornen in ein Herz geschlossen
belehrt: Wer lebt der hat zuerst geschossen
und daß die Armen wie die Reichen sungen.*

*Aus einem Leben in die Welt gestoßen
gehaßt von Gott und seinesgleichen Leuten
geübt im Kriechen Beißen und im Häuten
Maulwiderwurf im Kleinen und im Großen.*

Das Fenster

Am Strand von Derendorf, an Böhmens Meer:
Man kann in Häusern Schiffszeug, Segel sehn
an Bäumen Ringe hoch wie Wellen gehn
und Nachbarn zeigen die Ertrunknen her.

Im Häusermeer verwirrt die Möwe schreit
und Schwämme nisten in die Wände ein.
Nachts streicheln Männer Fraun und Fischgebein
und gehn bevor die Flut kommt: Es ist Zeit.

Was bleibt wird die Musik der Muscheln sein.
Die Frauen kämmen sich das Algenhaar.
Den Kindern wachsen Kiemen unsichtbar.
Ins Wasser wirft ein Narr noch Stein um Stein.

In meinem Zimmer Anker, Seil und Gurt.
Ein Seehund, jede Nacht, der dreimal knurrt.

Geschichte mit Engeln

Als ich in den Himmel kam
rief keiner dort: Wer da?
Die Leere ging mir nah
daß ich mir fast das Leben nahm.

Wo sind die schwarzen Engel hin
die weißen meiner Zeit?
Wer was zum Himmel schreit
hat ohne Engel keinen Sinn.

Da fuhr ich in die Hölle ein
da war was Flügel hat
und trampelt, tritt sich platt
und wollte keiner sein.

Die Tage, da die Dinge Tränen zeigen
und ein Friseur schon rührt und sein Geschäft
(mein Bruder Lustig, der Freund Hein veräfft)
und Vögel sitzen tot in ihren Zweigen.

Die Nächte, da die Menschen sich verlieren
und Paare an den Tischen ohne Wort
(wer spricht erinnert sich an einen Mord)
und Fensterhöhlen, die ins Dunkle stieren.

Am Friedhof, wo die Lebenden irrlichtern
in schwarzen Kleidern wie zu einem Tanz
(Zuhause ist Kaffee und Kuchenkranz)
und alle bergen sich hinter Gesichtern

mit kalten Nasen und mit kalten Ohren.
In diesem Monat wurde ich geboren.

Gelegenheit

Aufrechter Gang?
In die Knie?
Nie! Schrie das Jetzt.
Jetzt! Schrie das Nie.

Die Schatten von gestern
verkleidet als Schwestern
verkleidet als Brüder
wolln meine Lieder

mit blutigen Händen
wolln sie mich wenden
wolln sie mich drehen
der Lahme will gehen

der Blinde will sehen
der Dummkopf verstehen
mit blutigen Händen
wolln sie mich wenden

und meine Lieder
verkleidet als Brüder
verkleidet als Schwestern
als Schatten von gestern.

Bußfertig

Auf Messers Schneide
mit nackten Füßen
die Liebste Augenweide
muß ich abbüßen

die Liebste Augenweide
muß ich ausstechen
im Büßerkleide
mir den Stab brechen

im Büßerkleide
mir den Mund halten
die Körperseide
fern meiner Falten

die Körperseide
fern Hand und Füßen
die Liebste Augenweide
muß ich abbüßen.

Komm mein Liebchen
Klebefest
geb dir heute
meinen Rest
geb dir morgen
meine Urn
komm mein Liebchen
mit mir hurn.

Komm mein Liebchen
Tränennaß
mach dir heute
einen Spaß
mach dir morgen
einen Scherz
komm mein Liebchen
brich mein Herz.

Komm mein Liebchen
Haumichblau
werde heute
meine Frau
werde morgen
Witwe mir
komm mein Liebchen
ich erfrier.

Lied an der Düssel zu singen

Was geht den Bach hinunter
im Schiff aus Buchpapier?
Es ist mein Lied und munter
piß ich ins Wasser Bier.
Was kommt am nächsten Tage
im Mantel morgengrau?
Es ist die alte Frage
warum ich traurig schau.

In Nächten

In Nächten noch die traurigen Genossen.
Die Zukunft grinst und spuckt mir ins Gesicht.
Siehst Vater du den Erlenkönig nicht?
Der Regen fällt nach unten unverdrossen.

In Nächten noch die himmelhohen Bäume.
Erlkönigs Töchter knüpfen meinen Strick.
Der Blick nach vorne bricht im Blick zurück.
Der Satte rülpst und wischt vom Mund die Schäume.

Vor Augen schon die neue Welt der alten.
In Ohren immer noch den Schrei nach Brot
(Das Blut ist gelb und schwarz, nicht weiß, nicht rot:
Mein Vater kann kein Kind, kein Wort mehr halten)

erreich ich jeden Tag den Tag mit Not.
In meinen Armen ein Teil Welt ist tot.

Besuch

Zur Nacht kommen ins Haus
von den Freunden die ungebetenen
von den Feinden die betretenen
und trinken mich aus.

Und verhören mich im Stehn
von den Tagen die unzureichenden
von den Worten die steinerweichenden
und wollen nicht gehn.

Am Morgen gehen zur Tür
von den Verlierern die siegenden
von den Trinkern die fliegenden
und ich bin mein Bier.

Du

Wie du

Wie du dich anziehst, um dich auszuziehen
(verbergen, sag ich, heißt bei dir enthügeln)
das ist die Kunst der Künste. Sie will zügeln
daß Nahes fern und Leichtes fordre Mühen

und wir nicht wie einst Midas alles greifen
und ich statt deinen meine Haare raufe
und gegen deine Kunst der Glaswand laufe.
Die Kunst der Festung: Sie ist nicht zu schleifen.

Du lachst, will ich von deinem Teller essen.
Du weinst, will ich in deinem Bettchen liegen.
Mir soll mein bloßer Blick auf dich genügen.
Reiß aus mein Aug, bevor ich mich vergessen

und liege in Schneewittchens Sarg aus Glas.
Tot ist der Hexer, der vom Apfel aß.

Tag

Du warst angesagt.
Du bist nicht gekommen.
So war diesem Tag
unsereins genommen.

Ich ertrank in Wut.
Suchte meinen Fehler.
Rief dich Diebesgut.
Suchte deinen Hehler.

So war dieser Tag
kleiner als gewöhnlich.
Alles was man mag
macht sehr unversöhnlich.

Wie sie das Kleid hebt macht ihr keine nach
(die Brüste keck: Schon eine macht mich steif).
Wenn ich nur einmal ihren Hintern streif
so giert mein Kopf und nichts an mir bleibt schwach.

Wie sie vom Leib das letzte Leinen streift
mit langen Beinen stakst (wär gern ihr Halt/
gäb meine ganze Haut wär ihr nur kalt)
ein Körper, den kein Griff noch Vers begreift.

(Ich gebe zu: Ich hab sie ausgedacht
und dazu füg ich: Sie hat rotes Haar
und keines dort wo ich stets sterblich war)

da schrie sie laut und hat mich ausgelacht
und ist sehr nackt aus meinem Bett gestiegen.
Ich ging zu Tisch und schrieb: Ich will nicht lügen.

28 **Haben wir**

Haben wir uns auch beschädigt
daß ich wie ein Riff
aus dem Meer des Alltags aufstieg
und du auffuhrst wie ein Schiff
sankst du doch nicht in die Tiefe
denn wir besserten die Planken
fanden neue Kurse, Bojen für das Riff.
Sahen auch, daß Riffe sanken.

Lied, als du gingst 29

Die Sonne sticht kein Auge.
Der Regen macht nicht naß.
Die Trauer macht nicht traurig.
Der Spaß macht keinen Spaß.

Der Tag hat keinen Morgen.
Die Nacht hat keine Früh.
Die Liebe liebt mich nimmer.
Die Müh macht nichts als Müh.

Die Stunden sind nur Stunden.
Der Sommer lacht mich aus.
Der Winter wird ein Winter.
Das Haus ist kein Zuhaus.

Ausgetrunken

Wenn mir der Schnaps
durch Adern läuft
denk ich an dich
die mich aussäuft
denk ich an dich
nie satter Schlund
Blutsäufer Welt
blutleer mein Mund.

Von allen Krokodilen, die ich kenn
(so acht bis zehn) ist deiner Tränen Kunst
die größte. Der Augen früher Dunst
mit dem du anzeigst allen: Seht, ich flenn
weil irgendwo (weit hinter der Türkei)
die Völker aufeinanderschlagen und
sagst du: Die Welt käm auf den ärmsten Hund.
Nun sammelst Tränen du und bist so frei
sie augenrot herumzuzeigen, daß
die Scham uns greift: Da ist ein Mensch vom Clan
der Guten, halb Galiläa und halb Sezuan
und wäscht sich selbst und macht sich doch nicht naß.
Dann seh ich trocken mich auf meiner Sandbank liegen
mit meinen Schafen, Tauben, die ins Maul mir fliegen.

Utopeia

altes Kind
was sie ansieht
macht sie blind
was sie ausspricht
macht sie taub
was sie anfängt
wird zu Staub
was sie wegnimmt
setzt sie drauf
was sie umwirft
baut sie auf.

An deiner Brust Milchmädchen
die Rechnung: Sie geht auf
und wenn wir bluten schütten
wir fromme Milch darauf

und wenn wir weinen trinken
wir saures Milchgetränk
und wenn wir lachen lachen
wir Mördern eingedenk

an deiner Brust Milchmädchen
die Rechnung: Sie geht auf
und wenn wir leben nehmen
wir schwarze Milch in Kauf.

Bis auf Weiteres

Bis auf Weiteres
leb ich von deinem Lachen
und denk mir alles Gute aus
das wir uns nicht mehr machen.

Bis auf Weiteres
les ich in deinen Briefen
schau Fotos an und mach das Bett
als ob wir darin schliefen.

Bis auf Weiteres
kauf ich für zwei und esse
für zwei: Mein Leib wird mir ganz fremd
bevor ich dich vergesse.

Bis auf Weiteres
vermeid ich die wir kannten
die Fragen Blicke: Wie es geht:
und komme mir abhanden.

Bis auf Weiteres
verlob ich mich mit Bäumen
mit dicker Rinde wetterfest
weil die den Platz nicht räumen.

Wer liebt macht lachhaft sich und blind zum Narrn.
Er sieht nicht (sagst du) sondern: Daß er glotzt.
Er weint nicht (sagst du) sondern, geht sie, rotzt.
Er fährt nicht, sondern zieht in Dreck den Karrn
worauf sich seine Liebe lachend flezt.
Der Undank ist zu Recht der Liebe Lohn.
Man mache besser sich bei Zeit davon
bevor der Jammer Tisch und Bett besetzt
und aus den Tränen seinen Honig saugt.
Die Rechnung, ruft die himmlische Geduld.
Aus jeder Unschuld wird am Ende Schuld.
Nichts an der Liebe ist, was lange taugt.
Nun auf zum nächsten Bett und unbeschwert.
Wir lieben sie, daß sie uns Bessres lehrt.

Auferstehung

Will auf dich warten.
Mal kommst du doch.
Wälz mir den Stein
vom Lebensloch.

Wälz meinen Leib
auf Erden her.
Sei du mein Mensch
und ich dir schwer.

Er

Er weiß nicht, wo er ist. Zu viele Inseln
fand er und ließ mit List der Listenreiche
zu viele, daß nicht eine andern gleiche
Paläste, Goldgier, Bettler, Hundewinseln
was üblich ist, wo Herrschaft sindelt. Besser
er macht sich gleich davon. Und dann die Freier
(die Königin soll Witwe sein). Die Geier
die sich ums Thronbett schlagen bis aufs Messer.
Der Sohn des Hauses schwächlich, der den Bogen
nicht raus hat und nach seinem Vater wimmert
kein Ödipus, was alles noch verschlimmert.
Hätt er das Schiff, er wär schon abgezogen.
Doch morgen und er hört schon die Sirenen
fährt fort im Traum nach Hause sich zu sehnen.

Der Lachende

*Der Mann, der eines Tags erwacht
mit einem Lachen im Gesicht
der sich mit Wasser wacher macht
allein das Lachen schwindet nicht
der sich die Wangen glattzieht, zerrt
allein das Glück im Winkel währt
der sich rasiert und wütend schnitt
und wird das Lachen doch nicht quitt
der lachend noch beim Frühstück saß
und lachend seine Zeitung las
der lachend seine Arbeit tat
und lachend unterschrieben hat
der lachend kam zu seinem Haus
und lachend hielt sich nicht mehr aus
der sich den Kopf schlägt und krepiert
und tot lachend begraben wird.*

Dies sprach er: Ich (dies zögernd) bin doch nichts
(dies laut) und alles die Partei (dies schrie
er) aufrecht leben und sank in die Knie
schlug noch die Faust ins Auge des Gesichts
der Toten (wo man hobelt fällt ein Span:
Dies glaubt, wer selig und nicht selber fällt)
und denkt die Welt zu drehn (ihn dreht die Welt)
und briet im Topf, was dreimal kräht, den Hahn
und strich (wenn sie sich zeigten) Wände glatt
von Menetekeln (rief noch) Feindes List
bis er in Träumen nur noch träumt was ist
und hat, was fehlt und lobt, was er nicht hat.
Da brach sein Haus, sein Land in einer Nacht.
Sein Herz. Es hat ihn keiner umgebracht.

Haarmann spricht

Haarmann spricht: Ich bin so frei
Mörder ich und Polizei
Täter und auch Strafvollzug
bin ich selbst und mir genug
Sorg daß, was dem Bürger frommt
Unrat von der Straße kommt.

Wenn ich dieses Elend seh
Haarmann spricht: Es tut mir weh.
Kinder ohne einen Grund
Morgen ohne Gold im Mund
betteln durch die Leinestadt.
Wohl, wer jetzt noch Heimat hat.

Armer Hund: der Haarmann spricht:
Keine Angst, ich beiße nicht.
Nimmt den Jungen in sein Bett
daß er eine Wärme hätt
knackt den Kehlkopf, was nicht lärmt
und still endet, was ihn wärmt.

Tat ein Tuch auf das Gesicht
Haarmann spricht: Dann sieht es nicht.
Daß der Mensch dem Menschen taugt
hab ich meine ausgesaugt
ausgebeint und filetiert
daß wem kalt ist nicht mehr friert.

Haarmann spricht: Du lieber Gott
Aug um Auge, Hü und Hott
hab ich alles mitgemacht
und wenn mir das Fallbeil lacht
sag ich: Tod ist doch am End
nur die Zeit in der Gott pennt.

Abel

Ich habe Kain erschlagen.
Gestern erschlug ich Kain.
Die Menschen sollen friedlich
und nicht wie Mörder sein.

Die Nase von der Erde platt geschlagen.
Den Schädel schlug die harte Welt mir ein.
Das Herz brach mir im Leib. Es war nicht Stein.
Das Unterholz drang ein in meinen Magen.

Die Augen von dem Dornenbusch zerstochen.
Die Hände von den scharfen Gräsern wund.
Die Innereien fraß ein armer Hund.
Das Kreuz zerbrach zu dem ich nie gekrochen.

Die Ohren von den Ästen abgerissen.
Die Lungen platzten nach dem freien Fall.
Die Knochen lagen sinnlos überall.
Die Kleidung Lumpen und ganz naß vom Pissen.

So liege ich bewundert, erdwarm und unheil.
Die Welt hat mich und ich hab von der Welt mein Teil.

Baal

Baal lobt die Hölle
den schönen Ort.
Baal liebt die Taten.
Baal liebt kein Wort.

Baal sind die Leute
Knochen und Haut.
Baal ist die Welt
Sand auf den sie baut.

Baal sagt: Die Sterne
schnuppe egal.
Baal sagt nicht: Morgen.
Es war einmal.

Baal lobt die Hölle.
Baal läßt geschehn.
Baal hat die Himmel
zu lang gesehn.

Ich kann von Glück sagen.
Ich bin von Pech verfolgt.
Ich bin der Unglücksrabe
der doch glücklich kolkt.

Ich bin das Unglückswürmchen
das sich selig windet.
Das blinde, blinde Huhn
das noch ein Körnchen findet.

Ich bin der Jammerlappen
der sich selber säubert.
Ich bin das Opfer
das sich selbst ausräubert.

Ich bin der Schmerzensmann
der Leidendulder.
Ich bin unschuldig doch
mein bester Schulder.

Ich bin am Ende und
mein eigner Alphamann.
Ich leid die Welt
weil ich mich leiden kann.

Marsyas

Dem sie das Fell
über die Ohren
zogen, gleich
ist er umarmt
worden. Jetzt
schreit er. Unfaßbar
die Undankbarkeit.

Wenn ich gestorben bin, sollen mich loben
die Spatzen in der Hand nicht Tauben auf dem Dach.
Was oben ist, das gurrt, schmutzt ein und macht viel Krach.
Was mir am höchsten war, hab ich gehoben.

Der guten Esser Lob mit vollen Mündern
ich hör es gern, besonders wenn ich satt und tot.
Von allen Farben liebe ich die Farbe Rot.
Von allen Frommen trieb ich's fromm mit Sündern.

Das Lob der Trinker, weil ich mitgetrunken
lob ich mir mehr als Lober, die stets nüchtern sind.
Als höchstes Lob der Lober lob ich mir ein Kind.
Dies sehend bin ich gern ins Grab gesunken

und aus dem Grab in meinen Kopf gestiegen
weil mir nicht Tote, aber Wunder liegen.

Bilanz

In Nesseln gesetzt
nun: Blasige Haut.
Den Feinden entwetzt
so: Damit vertraut.

Die Lippe riskiert
so: Zähne verlorn.
Die Freunde geniert
nun: Blick ohne Zorn.

Sie

Sie liebt an Dichtern nicht Gedichte eher
was sie zur Nacht ihr treiben: Eitle Faune
und das Gegirre (dies nur macht ihr Laune)
und ist der Sinn des Liedes: Mein Gott näher
zu dir der besser du als andre segelst
das Himmelsschiff aus einem weißen Laken
(Sei du kein Frosch und laß mich sinnlos quaken.
Um alle Neune, wenn du mit mir kegelst.)
Nun ist sie fort und mit ihr die Gedichte
die ich nach Vorbild rückwärts ihr getrommelt
wie hat Schluckspechtin die mein Rohr gedommelt
(die Ruh ist hin, was männlich war zunichte)
daß ich für Tage nicht mehr bäuchlings liege.
Die Hölle weiß, wann ich mich wieder kriege.

Wenn ich das Kraut doch hätte, das mit List
ins Aug geträufelt schöne Augen macht
dem ersten, der sich naht, ich tropfte sacht
dir davon ein. Ein Kerl, der häßlich ist
(nicht zu beschreiben wie) wär schnell besorgt
und ab in seine Liebe führ das Paar
(vor allem du, die nicht für mich da war)
selbst euer Unglücksbett hätt ich geborgt
um danach Jahr um Jahr euch zuzusehn
wie sich auswächst die häßlich schöne Brut
und Haß mit Lieb vereinigt spiegeln tut
und Eltern nächtlich ihre Däumchen drehn.
Die Wahrheit ist, ich habe dieses Kraut
im Aug und schlimmer: Ich hab dich geschaut.

Von allen Brettern, welche Welt bedeuten
wählt sie mein Bett! Sei du mein König, Faust
mein Hofnarr, Hamlets Geist (vor dem ihr graust).
Das mir, der schüchtern ist, vor all den Leuten.
Macht nichts, sagt sie, du mußt nur alles spielen
damit ich weiß, ich lebe nicht mit Dir
allein. Schon ist Europa sie. Der Stier
fällt mir nicht leicht. Schon bin ich von den vielen
Halunken einer (meine beste Rolle!).
Darauf will sie, daß ich den Guten mach.
Mir ist zum Weinen, sie schreibt vor: Ich lach
und daß ich ihr den Bajazz geben solle.
Danach hab ich den Vorhang angezündet.
Sei du mein Phönix, schreit sie, und verschwindet.

Das Mobile

Am Morgen nach der ersten Nacht hat sie
das Windspiel mir gebracht, behängt mit was
sie liebt: Die Sonne, Mond und Sterne. Blas
sprach sie und unbewegt sei dies Spiel nie
solang wir mit uns spielen. Ständ es still
so wär es auch um uns geschehn wie schon
die Sonne stillstand über Gibeon
weil doch was endlich ist sein Ende will.
So hing es über mir wie jenes Schwert
des Fall erst fürchtend bald ein jeder sehnt
weil Haß schafft was die Ungewißheit dehnt
und Glück bedroht den Wolf im Schafpelz schert.
Am Morgen nach der tausendeinen Nacht
stand's still. Ich weinte nicht. Sie hat gelacht.

Wie das schon einfliegt: Flügelbreite Türen
will er und daß zur Nacht ich nähm die Krone
von seinem Haupt. Mein lieber Schwan! Nicht ohne
Rührung hör ich wie er lügt und lobt: Es führen
die Wege allesamt zu meinen Schenkeln.
Das hört Rom gern. Allein am End alleine
blieb Rom. Ich mach mir besser selber Beine
bevor Roms Ruhm und meine Hügel kränkeln
und er (von wegen Rom!) zieht andre Kreise
weil die gewohnten Straßen uns ermüden.
Der Norden auch. Er murmelt was von Süden.
Zeit, daß ich mich von dem Geflügel reiße
und mit mir selber fliege, Federn lasse
bevor ich ihn und alle Engel hasse.

An diesem o verfluchten Freitag darf
ich nicht (sie lacht: Das war Bedingung) den
was alle an ihr loben Körper sehn –
von allen Tagen dieser macht mich scharf.
Ich bitte, bettel, heule, kratz die Tür
daß sie nur einen Spaltbreit mir gewähr.
Ich fluche schändlich. Sie pocht auf die Ehr
daß dies allein ihr Tag sei. Und das mir
der ich doch ihren Leib fast täglich seh
des Atlas bestes Teil gepaart, die Brust
Geschenk des Apennin, das Hautfeld Lust
Gebirg aus schwarzem Haarfluß, Körperschnee …
Sie öffnet, weint und lächelt irgendwie.
Wir liebten uns, doch sie war nie mehr sie.

*Was wir uns waren hab ich aufgeladen
zwei Sonnen und zwei Monde nahm ich mit
zwei Wege, Häuser und zweimal den Tritt
den wir uns gaben. Sie sprach: Nimm den Schaden
ganz. Davon will ich nichts. Ich nahm zwei Tassen
und von den Bücherbergen nahm ich zwei
die Filme aus zwei Köpfen. Ich war frei
und trug von vieren was zwei Hände fassen.
Nichts dir und alles meins und streng betrachtet
war ich es, der, was uns war, sorgsam hielt
(wer weggeht ist ein Dieb, der Leben stiehlt)
und du hast was uns war und wär verachtet.
Stumm stand ich auf der Arche hab gewunken.
Dann ist das Schiff mit Mann und Maus gesunken.*

Dies nun: Die Frage, die Catull schon nicht
bei dem Aemilius entscheiden konnt:
Ob sein Gesicht mehr glich der Hinterfront
oder die Hinterfront mehr dem Gesicht
hast du entschieden: Dir ist alles gleich
ob ich dich liebe oder nicht. Du zeigst
dich ungerührt von meinem Wort. Du schweigst
wenn ich Verbrechen beicht, ob arm, ob reich
kein Unterschied. Selbst größre Künste sind
vergebens. Meine Perlen noch dem Schwein
gewogener als dir der alles ein
und eines alles ist. Ach pfeif in Wind
wie alle die durch dunkle Keller gehn
geschminkt, damit wir nicht die Leichen sehn.

Das mir. Ich soll von ihr statt von Nadine
haarfein haarklein berichten. Die ich lieb
sind zwei und wer es je mit zweien trieb
ahnt: Sag, warum ich nicht wie jene bin.
Nun gut. Sie ist im Haar gefärbt ...
Geschenkt, schreit fast Nadine. Sie will Details.
Wie steht's um Penthesileas Kunst des Pfeils
wo trifft er, wann und wie? Sie ist verderbt
sag ich. Und wo ich deine Unschuld weiß
hat ihr das Leben siebenmal die Haut
gefaltet, daß in ihren Furchen Tod
und Ritter würfeln um die Zeit und leis
sagt mir Nadine, daß sie in Spiegel schaut
und mir verzeiht und Penthesileas Not.

Vom Strick

*Seit ich dich gehen ließ (du sagtest: Gang der Welt)
und ich dich teile zwischen ihr und dir und mir
(was sie hat: sagst du: ist ein andres Wort für Tier)
bin ich gebunden und erlöst: Ein Strick, der hält
und wer ihn aushält zappeln läßt. Ich warte bloß
(mein Bett ist köstlich und mit Lust gemacht)
allein mein Speck ist's nicht, der Mäuse fängt. Bei Nacht
häng ich noch immer dir am Hals und heule los
und werf das Laken unzerschnitten in den Bach.
Das mir, die einst dir, Richard, Königreich und Pferd
(die Schwüre, daß du aus mir, ich nur aus dir werd)
wer glaubt wird schmählich und folgt nur Ophelien nach.
Ich sitz im Trocknen. Um mich Batterien Wein
und Glück und Glas. Die wollen ausgetrunken sein.*

Ein Irrtum sagt Belinde sei man könnt
den Tod sich nicht vorstelln. Von wegen: Er
(genauer: Meiner) ist bei Licht nicht schwer
und täglich, weil man sich ja sonst nichts gönnt.
Er fällt mich an und wirft mich nackt aufs Bett
kaum daß ich ihm den kleinen Finger reich
(mein Tod ist hart: Er liebt mich wenn schon weich)
und schlägt die Stunde während ich noch wett
ob diesmal er ob ich von hinten vorn
von oben unten (alles ist im Spiel)
uns wär ein bessrer Halt (wir halten viel)
am Ende hat der Arme stets verlorn.
So spricht Belinde und ihr Körper blüht
wie Phlox wenn sie die Decke von sich zieht.

Nur Laura

Der Himmel reißt die Augen aus
und wirft zur Erde Sterne.
Die Engel fliegen irr durchs Haus
und haben Teufel gerne.

Die Häuser halten sich nicht mehr
und fallen in die Tiefe.
Briefträger kommen nicht mehr her
und schreiben Abschiedsbriefe.

Nur Laura wiegt und wägt ihr Rund
in allen Horizonten.
Die Dichter flüstern leise und
beklagen was sie konnten.

Nur ich in Lauras Schoß geborgen
pfeif aus dem letzten Loch von morgen.

Es

Wie immer: Vor dem Zug ein Gott
danach die Leiche und die Herrn
und Frauen (Kinder niemals gern!)
und alle in demselben Trott.

Wie immer: Jeder weint wie Stein
verhüllt sich schwarz. Das Wort ist ernst.
Der Tod ist da. Mein Kind, du lernst.
Und endlich bleibt der Sarg allein.

Doch diesmal bei der Rückkehr: Seht
die bringen ja den Sarg noch mit
die tanzen (keiner hält den Schritt
und keiner der bedeckt mehr geht)

und lachen, schwatzen, tafeln groß
und werden, den sie trugen, nicht mehr los.

Sterntaler

Vom Himmel gefallen.
Das Mädchen erschlagen.
Das Hemd ist gefüllt.
Mehr ist nicht zu sagen.

Herr K. bekannt für Witz springt aus dem vierten Stock
ins Freie.
Im Fahrstuhl hat ein dritter Kontinent sich
eingerichtet.
Im Speicher lebt ein alter Gott, der Streitigkeiten
schlichtet
und Noah bittet, daß man seine Auswahl ihm
verzeihe.

Frau M. die traurig ist erfindet stündlich alte
Witze.
Parterre macht sich die Langeweile wütend breit und
zündelt.
Den Neugebornen reicht ein Amt die Akten
ungebündelt
und in den Armen liegen sich die Krauts, die Boches,
die Fritze.

Die Jungen fahren auf dem Dachfirst nachts
Motorradrennen.
Ein neues Lied, ein besseres, ertönt aus
Nebelhörnern.
Die blinden Hühner finden und ersticken an den
Körnern
und in der Küche zwanzig Köche um den Brei, die
flennen.

Es ist das Haus vor dessen Tür drei Engel warnend
warten
bevor aus seinen Kellern die Verkehrsmaschinen
starten.

Mutter Courage, die im Kulissenwagen
(das Frühjahr kommt) ein Jahr ums Jahr verschob.
Der Meister schrieb dem Mörder ein Gottlob.
Viel Volk, das sich mit noch mehr Schnaps erschlagen
und Galilei, dem man die Zangen reichte
Prometheus, der im Aktenberg verschwand
Potemkin ich aus einem andern Land
auf Sand die Brückenbauer für das Seichte.
Im Haus ein Khan und vierzig kleine Diebe
die täglich einen leeren Sesam sprengen
für Steine, um die Tage einzuzwängen
damit die Nacht und Not aus ihnen bliebe.
An seinen Haaren sich das Land zu ziehen
versprach Münchhausen in der Ebene der Mühen.

Landschaft mit Einzelhändlern 71

Es geht durch das Land ein Schnitter.
Es wird wieder besser mit uns.
Es schmeckt der Rauch nicht mehr bitter.
Im Buchenwald spielt Hinz mit Kunz.

Es wird wieder deutsch gesprochen.
Es rettet sich jeder, der kann.
Wer deutsch spricht, spricht deutsch gebrochen.
Ein jeder heißt Kannitverstan.

Gewonnen ist wie verloren.
Herr Schlehmihl wirft herzlich den Stein.
Es ist ein Kind uns geboren
und läßt die drei König nicht rein.

Circe

*Sie war grad zwanzig und ihr Sommerkleid
war aus dem Grabbeltisch, wenn alles geht.
Ein Haar, das traurig wie Antennen steht.
Ein Mund, selbst wenn er lachte, schief vor Leid.
Und als ich ihr das Wort sagt wie sie zuckt
und blaß wird, ungeschickt das Kleid ablegt
herumsteht, daß kein Teil sich von mir regt
sich hinlegt wie vom Kino abgeguckt
und währenddessen nichts als stumm sich zeigt
die Augen groß, bewegungslos ihr Leib
nichts was sie auftrieb, was ich ihr auch treib
(ich sprach: Die Geige singt, wenn man sie geigt).
Sie brach, bevor sie ging, mein schönstes Glas.
Und doch! Seit Tagen quiekt und grunzt hier was.*

Gregor Samsa sucht Gott

Wenn ich ihn find, der mich zu dem gemacht
ein Käfer, ekelhaft, ein Menschgewürm
er schlöß sich ein wie er nur will ich stürm
sein Haus, die Werkstatt und dann Gute Nacht
so gut wie meine wo ich schlaflos lieg
und denken muß: Warum gerade ich
nicht er? Wer mich gestaltet fürchte sich
zu Recht um seine Macht, wenn ich ihn krieg.
Zehn Wächter hab ich hinter mich gebracht.
Zehn Boten schon zur Warnung ihm gesandt.
Da hebt der elfte Wächter seine Hand
und ich hör wie entfernt der zwölfte lacht.
Ich klopf ans Tor und höre unvermindert
stets Kafka selbst: Herr Kafka ist verhindert.

Gedicht

Mit Augen verschlungen
gemacht mit dem Mund
gebettet auf Zungen
gehofft auf ein: Und ...

Mit Worten und hinter
dem Nein ein Jadoch.
Mit Hoffnung. Im Winter
im Eis wärmt ein Loch.

Gemischtes Doppel

Ein Land ist mir gestohlen.
Ein Land ist mir perdu.
Mein Herz liegt wie auf Kohlen.
Mein Kopf geht in die Knie.

Ein Haus ist mir zerfallen.
Ein Haus ist mir entzwei.
Mein Fersengeld gilt allen.
Mein Koch verdarb den Brei.

Ein Bett ist ohne Kissen.
Ein Bett ist ohne Tuch.
Mein Zahn beißt ins Gewissen.
Mein Wort schlägt nur zu Buch.

Das Gedicht über Tauben:
Schon fliegt es mir ins Gebälk
des Hauses und gurrt.

Das Gedicht über Bäume:
Schon sägt es sich den Ast ab
und kommt als Zeitung von morgen.

Das Gedicht über Blumen:
Schon zupft es an seinen Blättern und
liebt mich und liebt mich nicht.

Das Gedicht über Sterne:
Schon hängt es am Himmel und will
sich auch tagsüber nützlich machen.

Das Gedicht über Steine:
Schon fängt es an zu reden
und liegt jedermann im Wege.

Das Gedicht über Katzen:
Schon kann es das Mausen nicht lassen
und streicht seine Schnurren um meinen Bart.

Das Gedicht über Tränen:
Schon hängt es sich um meinen Hals
und betet den schmerzhaften Rosenkranz.

Das Gedicht über Kinder:
Schon lärmt es in allen Zimmern
und ich stolpere über sein Spielzeug.

Das Gedicht über Anna:
Schon liegt es in meinen Kissen
und lockt und lockt und lockt.

Das Gedicht über mich:
Schon macht es sich auf und davon
und läßt mich von mir grüßen.

Unwirsches Sonett

*Ich seh euch schon mit teuren Federn euch
den Rachen kitzeln: Alles déjà vu.
Ach kotzt euch aufrecht doch ins Knie
da ich um Laura (wen sonst) Verse keuch
Wortsteine wälz und ihr mit goldnen Ohrn
nach letzten Schreien giert, was mir nicht reicht.
Wer vor der Kunst der Alten Segel streicht
verkrümelt sich. Ich habe nichts verlorn
mit euch, gewonnen schon gleich zweimal nicht.
Und eh ich euch zu rühren Kopfhaut schlitz
den Babyficker mach, wortbrüchig schwitz
schlag ich Sonette in des Winds Gesicht
und suche Laura, die ins Ohr mir sagt:
Mein eitler Freund, wie er sich müht und plagt.*

Wir

Die Stadt aus der es keinen Ausgang gibt.
Wer staunt, dem fliegt Gebratenes ins Maul.
Wer will tut alles was er will: Ist faul.
Und einer, sich umarmend, ist verliebt.

Die Häuser, die sich selbst im Wege stehn.
Wer leidet nimmt, was freimacht, Aspirin.
Wer spricht hat Gold und Geld und Zins im Sinn.
Und einer mit dem Messer heißt: Wer wen.

Die Flüsse voller Leichen, Honig, Wein.
Wer altert wird am Morgen abgeholt.
Wer weint ist: Der von sich den Abschied nahm.

Und einer, der sich ausspricht, wird zu Stein.
Und einer, Phönix spielend, ist verkohlt.
Und einer, irrsinnig und stumm, entkam.

Sankt Brandans Eiland

Auf meine Insel ausgesetzt
von allen, die ich je entsetzt
von allen, die ich je geliebt
kein Ort, der noch ein Brot hergibt.
Kein Mensch, der mir die Hand noch hält.
Kein Wasihrwollt, das mir gefällt.
Kein Traum, den ich noch träumen kann.
Ich seh kein Land und frag nicht wann.

Naja die Gefühle
Gedanken als ob
im letzten Gewühle
stinkt jedes Lob.

An Acherons Rändern
am Ufer des Styx
der Dolch in Gewändern
die Irre des Blicks.

Links Garten Eden
und rechts Paradies
ein jeder kennt jeden
und findet ihn mies.

Nach dem Feierabend
vor dem Ruhestand
das Seiende habend
tritt ein Fuß die Hand.

Vor Apokalypse
und Armageddon
nimmt Urlaub die Tippse
und macht sich davon.

Rechts Kirchengestühle
und links Biotop.
Naja die Gefühle
Gedanken als ob.

In diesem Jahr

In diesem Jahr zu früh.
Im letzten Jahr zu spät.
Ein jeder gibt sich Müh
und keiner weiß wie's geht.

In diesem Jahr soso.
Im letzten Jahr lala.
Ein jeder gibt sich froh
und keiner ist sich nah.

In diesem Jahr vielleicht.
Im letzten Jahr gewiß.
Ein jeder weiß es reicht
und keiner hat den Biß.

In diesem Jahr zu spät.
Im letzten Jahr zu früh.
Ein jeder weiß wie's geht
und keiner gibt sich Müh.

Am Tresen stehn die letzten Mohikaner.
Die Kinder, die noch Che und Sarah heißen
und rote Sterne von den Wänden reißen
wolln alles sein und jetzt, nur nicht Indianer

und klammern sich an Longdrinks und an Sätze
die bunt in bunt sind und nicht lange dauern.
Dann gehn sie früh mit einem leichten Schauern
ins Leben: Achtung, fertig, auf die Plätze.

Ein Maler übermalt die alten Bilder
wo alle vor dem großen Wigwam saßen
und Steine rissen aus den Pflasterstraßen.
Wer jetzt noch ändert, ändert Straßenschilder.

Zur Nacht sitzt wer sich liebt allein am Feuer.
Die Wärme reicht. Schon zweie sind zu teuer.

Auf allen vieren

Mit der Weisheit am Ende
der Sackgasse sein.
Jasagen und jedes Ja
sagt sich sein Nein.

Mit der Geduld am Ende
des Fadens, der nicht riß.
Reiß aus das Auge:
Die Höhle bleibt Ärgernis.

Mit den Nerven am Ende
des Anfangs verstrickt.
Glücklich vom Unglück
das uns nicht beglückt.

Mit dem Leben am Ende
doch nicht allein.
Solange es Schinken gibt
haben wir Schwein.

Frankfurter Herbst

Hans Arp reitet ein Hauptwort in die Bücherhallen.
Buchhändler frieren und erzählen Inselwitze.
Wieworte suchen, wem sie gleichen, zu gefallen.
Kritiker falten Schiffchen und papierne Blitze.

Herr Kohlhaas sitzt bequem und kann kein Zeitwort finden.
Heidschnucken und Bargfelder Boten allerorten.
An langer Leine führt der Lahme seine Blinden.
Der Mensch: Die Eintagsfliege in den Bernsteinworten

Die Welt trägt Schwarz. Weiß steckt das Leben in den Büchern.
Siegfriede in den Kojen zeichnen ihre Sagen.
Propheten sieht man ihre Untergänge sichern.
Was bleibt läßt sich getrost und leicht nach Hause tragen.

Am Ende kommen alle Worte in den Himmel.
Nur eins nicht: Gott. Er haßt das ewige Gebimmel.

Spitzbergen

Ich lebe in Spitzbergen
wo keine Täler sind
rechts links mit meinen Zwergen
und einem Riesenkind.

Der eine Zwerg ist greulich
der andre Zwerg ist schön
doch beide sind getreulich
und wolln nicht von mir gehn.

Das Riesenkind dagegen
steckt beide in den Sack
und geht auf meinen Wegen
wo ich ein Tal mir hack.

Ich lebe in Spitzbergen
wo keine Täler sind
rechts links mit meinen Zwergen
und einem Riesenkind.

Es war nichts wie gesagt nichts wie getan.
Es war die Hölle nah und fern ein Himmel.
Es war kein Pegasus: Ein weißer Schimmel.
Es ging nichts auf. Was aufging, fing nicht an.

Es war der Lahme unter Blinden blind.
Es war kein Morgenrot: Ein Fegefeuer.
Es war die arme Armut noch zu teuer.
Es ging die Zukunft schwanger ohne Kind.

Es war der Knecht nur des Knechtkönigs Knecht.
Es war kein Fluß wo Milch und Honig fließen.
Es war kein neues Glück in Blei zu gießen.
Es ging im Guten nur das Schlechte schlecht.

Wir, abgebrannt von den gelobten Ländern
und abgebrüht und können uns nicht ändern.

Nie

Davon nie
mit heiler Haut.
Ende der Nacht
nie bis sie graut.

Ende des Tags
nie vor dem Licht.
Ende von uns
nie bis nie bricht.

Lewis Carroll ist in der Stadt und
führt ein Ißmich, Trinkmich durch die Straßen
läßt Katzen grinsen, Raupen spaßen
und legt ein Tweedleedei uns in den Mund.

Lewis Carroll ist in der Stadt nicht
zehn Gerechte oder himmlisch Gute
und zieht Kaninchen aus dem Hute
und schreibt auf Wasser farbig ein Gedicht.

Lewis Carroll ist in der Stadt schon
daß die Walrosse nicht grau verkümmern
und läßt die Ratten nerzhaft schimmern
und gibt Vokalen einen neuen Ton.

Lewis Carroll ist in der Stadt weil
Ulmer Schneider sonst nicht wieder fliegen
und kann die Augengitter biegen
und gibt Quadraten ihren krummen Teil.

Lewis Carroll ist in der Stadt wo
vielen alle Hoffnung längst gefahren
und hängt an Alices Seidenhaaren
und winkt uns über Dächern schwebend so.

Abschied

Die Treibholztage sind gekommen.
Wir konnten uns nicht fassen.
Wir sind auf Flüssen weggeschwommen
getrennt und ohne Hassen.

Du warfst ein Seil mir aus Gedanken.
Wir knüpften ratlos Knoten.
Wir riefen uns, daß wir nicht sanken
aus sehr entfernten Booten.

Die Ufer lagen weit im Nebel.
Wir waren ohne Anker.
Wir hielten kaum die Ruderhebel
krank von uns, ohne uns noch kranker.

Ihr

Wir sind ein anständiges Haus.
Im Parterre wohnt, wer Publikum liebt.
Im Keller, wer es zu ebener Erde nicht geschafft hat.
Im ersten Stock, wer einen unter sich haben
im zweiten, wer höher hinaus will
und im dritten, wem es gelungen ist.
Unter Dach und Fach haben wir die Freiräume
wo wir abstellen, was wir für den Tag nicht brauchen.

Das Haus ist ruhig.
Die Friedhofstille im Keller
die Harmonie wohnt Parterre
die Zufriedenheit im ersten
das Glück im zweiten und
das gelassene Sein im dritten Stock.

Nur im Treppenhaus geht es auf und ab
drunter und drüber.
Da wohnen die Mieter.

Prometheus

Immer noch hängt er am Mauerstück
und erwartet den täglichen Anflug
der eisernen Vögel voller Touristen, die sich
(Pauschalreisen!) an seinen Ketten weiden
und den Leberschaden abschätzen.
Lang macht der es nicht mehr!
Aber kein Mitleid! Wo jeder weiß:
MesserSchereLicht sind für kleine Kinder nicht!
Mutter, stell dich doch mal daneben
und dann ein Foto für die Nachgeburten
und anschließend schnell in den Olymp
Café Kranzler oder Kaufhaus des Westens.

Wenn es um die Wurst geht
kommen wir alle auf den Hund.
Wenn schon mit den Wölfen
sagen die Dichter, dann
wenigstens als Heulboje
und färben sich die Schafspelze ein.

Alle Spatzen pfeifen es längst von allen Dächern:
Genickbruch und Taube liegen auf der Hand. Selbst
überfütterte Hauskatzen können die Mauser
nicht lassen, wenn sie zur Nacht alt und grau werden.

Mensch, Bruder, laß uns noch einen zwitschern!
Das Leben ist nicht nur von Brehm!
Wer jetzt noch nicht durch den Wolf gedreht wurde
ist eh zum Anbeißen oder hat die Hummeln
schon im Hintern. Was auf keine Kuhhaut geht
schlägt auch den Fleischerhunden aufs Gemüt
und jedes gefundene Fressen schaut
dir ganz unverschämt ins Maul.

Was nützt es da noch, die Fühler auszustrecken
wenn jeder Nachbar einen Affenzahn drauf hat?
Zwei Fliegen schlagen sich in jedem Falle
mit einer Klappe und alle Krähen sind sich einig:
Sie nehmen im Zweifel das Auge des Uhus.

Alle schlafenden Hunde können gefahrlos
geweckt werden. Sie stellen sich am Ende
als begossene Pudel heraus und auch sie sind
für die Katz. Also: Sei kein Frosch und
nimm deine Hasenfüße zusammen. Der Tanz
ums goldene Kalb ist eröffnet.

Den Wilhelminischen Tell
konnte es nicht geben:
Es gab keine Äpfel und
die Qualität der Pfeile
ließ zu wünschen übrig.
Auch herrschte ein Mangel
an Armbrüsten von Weltniveau.
Rütlischwüre blieben aus
(es gab nur Zeigefinger)
und hohle Gassen Fehl-
anzeige: Kein Hinterhalt
wegen der Käuferschlangen!
Nur Herr Geßler ist Herr Geßler
geblieben und betreibt
ein Hutgeschäft mit Erfolg.
Früher gab es keine Hüte.

Hamlet kommt nicht mehr
zu seinem Monolog. Der Souffleur
liegt erstickt im Kasten
die Kulissenschieber zu Tode erschrocken
zwischen den Sofitten. Ophelia
hat einen anderen mit Eigenheim.
Polonius wurde mit sieben kostbaren
Vorhängen in der Schweiz gesehen.
Rosenkranz und Güldenstern handeln
mit Bijouterien aus dem Staatsschatz
in der zweiundvierzigsten Straße.
Der Geist Abend für Abend
träufelt sich selbst Blei in die Ohren.
Gertrud und Claudius bieten Fortinbras
ein Handgeld für ihre Hintern.
Horatio schreibt verzweifelt an einem
neuen Stück und auch der Totengräber
hat schon ein Angebot aus einem anderen Land.

Die Bekleideten

Die nackte Wahrheit und
alle rufen: Die hat ja nichts an.
Die nackte Wahrheit und
alle zeigen: Kind, Frau und Mann.
Die nackte Wahrheit und
alle höhnen: Die zittert und friert.
Die nackte Wahrheit und
alle lachen: Wie blau sie doch wird.
Die nackte Wahrheit und
alle kreischen: Jetzt fällt sie noch um.
Die nackte Wahrheit und
alle nicken: Wie tot und wie dumm.
Die nackte Wahrheit und
alle graben der Wahrheit ein Grab.
Die nackte Wahrheit und
alle reden wie gut sie es hab.
Die nackte Wahrheit und
alle tanzen, ob reich oder arm.
Die nackte Wahrheit und
alle rufen: Die hat es nun warm.

Es ist alles in Ordnung:

Nessos Hemd ist von Lacoste.
Kain sitzt im Resozialisierungskurs römisch vier.
Prokrustes ist eine Hotelkette.
Keine Erinnye darf wegen ihres Geschlechts
oder ihres Motivs benachteiligt oder verfolgt werden.
Die Trompeten von Jericho sind das Erkennungszeichen
von Abbruchunternehmern.
Midas ist ein Bankangestellter
Medea Kindergärtnerin.
Prometheus besitzt alle Versicherungen.
Herakles leitet den örtlichen Judoclub.
Achilles ist ein Strumpffabrikant und
Siegfried ein Rückenmasseur.
Der Minotaurus ist unser Haustier
und über Zerberus
wacht der örtliche Tierschutzverein.

So sind hier die Leute.

Hilfsbereite Welt

Lächle, sagt sie
und schneidet mir eine Grimasse.

Weine, sagt sie
und zwiebelt mein Auge.

Schlafe, sagt sie
und zählt meine Schäfchen.

Träume, sagt sie
und verscheucht die Gespenster.

Steh auf, sagt sie
und baut mir die Brücke.

Nun springe, sagt sie
und macht mir Beine.

Das ist das Letzte! Nicht ein Vorhängchen
das im Tempel riß! An den Wänden nicht
das geringste Menetekel, sondern, soweit
das Auge reicht, Malerarbeiten! Die apo-
kalyptischen Drei in der Kneipe! Nicht
einmal eine schwarze Katze, die von links
nach rechts kreuzte! Keine Spinne
am Morgen, kein Käuzchen zur Nacht! Kein
Zeichen am Himmel (selbst der kometenhafte
Herr Halley dreht Däumchen!) und nicht
mal ein Landstrichchen, das sich auftäte!
Die Toten hübsch in ihren Gräbern! Von wegen
Wiedergänger! Keine Erscheinung um Mitternacht
vom Ausbleiben des letzten Glockenschlags
ganz zu schweigen! Nicht mal Engel, die
vom Himmel fallen und andere Heuschreckenplagen!
Wie soll unsereins da auskommen? Aber hab ich's
nicht immer gesagt? Das mußte ja mal so kommen!

Mein Engel

Mein Engel auf der Nadelspitze
ist hingefallen und gespießt.

Mein Engel singt mit seinen Zungen.
Die Spitze ragt aus seinem Rücken.

Mein Engel hört nicht auf zu singen
Tag und Nacht bis zum letzten Atem.

Mein Engel singt nicht mehr. Die Flügel
bewegen sich noch ein letztes Mal.

Mein Engel fällt nicht von der Nadel.
Man zweifelt, ob es ihn gibt. Ich weiß.

Nun ist es aber spät geworden
und wir brechen Fenster, Wände und
Türen auf, um uns zu verabschieden.

Einstein entschwindet in der Milchstraße.
Ikarus nimmt die Vogelfluglinie.
Der Holländer besteigt einen Hurrikan.
Robert benutzt einen Gartenschirm.

Ein paar Engel halten mit ausgestrecktem Daumen
ein paar Wolken an.
Der Schneider von Ulm findet eine Lerche
die sich seiner erbarmt.

Lilienthal pfeift sich ein passendes Lüftchen.
Die Gebrüder Wright nehmen vom Dach aus Anlauf.
Phönix nimmt mit den Resten des Herdfeuers vorlieb.
Einige Fledermäuse loten die Nordwest-Passage aus.

Lindbergh lacht sich einen Ast, den er mit Segeltuch
bespannt.
Nur ich muß wieder das Haus nehmen, um querfeldein
und in südlicher Richtung nach Hause zu kommen.

Es

Es verliert das Rot
der Lippen aus Scham.
Es schleicht sich
aus seinem Mundwinkel.
Es versucht vergeblich
Ober- und Unterlippe.
Es kitzelt witzlos
das Zwerchfell.
Es schlägt die Hände
umsonst auf die Schenkel.
Im übrigen ist alles ungesund:
Die Sonne, die Hühner
das Herz im Leibe und
die Honigkuchenpferde
tun es nicht mehr.
Die Narren sind arbeitslos.
Krumm und schief, scheckig
und kringelig wird niemand.
Auch Homer weiß nicht weiter.
Der Rest bleibt im Halse stecken.

Sie

Abschied von Sonnenstaaten
wo keine Sonne schien.
Es stehn Mercedessterne
über der Stadt Berlin.

Goodbye den Fledermäusen
und ihrem Zukunftslot.
Es weint in den Gehäusen
Melancholie sich tot.

Adieu Historienengel
blutiger Flügelschlag.
Europa im Gedrängel
macht Nacht zum Tag.

Willkommen Abendländler
solang die Wimper hält.
Vorm Haus die toten Pendler
der ewig letzten Welt.

Der Wind haut auf den Putz.
Der Regen schießt ins Kraut.
Das Dach nimmt uns in Schutz.
Kein Mensch fährt aus der Haut.

Die Straßen: Unterm Rad.
Der Stein bleibt Stein auf Stein.
Das Unglück ist auf Draht.
Der Blitz schlägt noch nicht ein.

Als ich kam nach Springinsfeld
sagten sie: So ist die Welt.

Als ich da nicht springen wollt
haben sie den Tod geholt.

Als ich von der Schippe sprang
sagten sie: Da geht es lang!

Als ich auswich um ein Haar
hieß es, daß ich feige war.

Als ich mich am Strohhalm hielt
hieß ich Schuft, der nicht mitspielt.

Als ich griff zum Sternenrand
schlugen sie mir ab die Hand.

Als ich nach der Liebe schrie
riefen sie: Die gibt es nie!

Als ich mich am Ende sah
lobten sie: Er ist uns nah.

Als ich ihre Gräber floh
sagten sie: Der Mensch ist roh.

Als ich starb in Springinsfeld
sprachen sie: So ist die Welt.

Nachtstück

Vor meinen Augen
schwarzes Papier.
Worte wie Augen
schwärzen sich mir.

Auf meiner Bühne
blutrot die Welt.
Bitter die Miene
die mich erhält.

Nicht mehr ums Ganze
nur noch am Stück.
Wortnarr, nun tanze
bleischwer zum Glück.

Noch lebe ich und wie im Land
von Derendorf bis Derendorf
und halte mich in Kaufmannshand.
Die Maniküren pinseln Schorf.

Der Sommer kommt wie Winter geht.
Der Herbst fällt flach. Ein Zeitungsblatt
ein Fernsehbild, das sich versteht.
Wohl dem, der eine Katze hat.

Die Straßen offen Tag und Nacht.
Die Fenster trennen Raub und Dieb.
Ein Schwächling, der den Schnitt nicht macht.
Ein Mörder, wem nichts übrigblieb.

Ein Lied: Je lauter, desto besser.
Ein Mensch: Die Tasche und das Messer.

Brief

Ja: Der Hintern ist gelungen
und die Brüste sind zur Hand.
Dafür zeugen viele Zungen
(und mein Teil, der dafür stand)
sieben Himmel (die nicht reichen)
Gärten Eden (viel zu klein)
Morgenröten (die erbleichen)
Utopien (Provinzerein)
hab ich dir vom Leib geschrieben
schrieb ich von der Seele mir.
Nichts davon ist uns geblieben
außer: Berge Löschpapier.

Sie gehen nicht. Es ist ein Gehenlassen.
Man sitzt nicht im Café. Es ist ein Ruhn
und alle Welt hat mit sich selbst zu tun.
Es ist zu heiß, um andere zu hassen.

Sie sprechen nicht. Es ist ein Worteinwerfen
graziös wie eine Lustpartie Pingpong.
Der Sommer sinkt ganz sanft aus einem Song
ins Ohr und legt sich wärmend auf die Nerven.

Die Alltagshäute sind zuhaus gelassen.
Die Alltagsmesser sind im Küchenschrank.
Die Liebe im Gebüsch, auf einer Bank
lobt die, die leben und die leben lassen.

für alle
die den Verläßlichen
lieben. Immer
weiß man wo
er sich gerade
befindet, bergauf
bergab.

Aber jetzt: Das hält
keiner aus! Die Rufe
die Schreie, das Geheule
unerträgliches Gegrein
bei Tag und Nacht
auch sonntags Sisyphos:
Wo ist mein Stein?

An der Normaluhr
fünf vor zwölf
die zehn geküßt
bald kommt die elf.

Im Kopf die neun
und acht im Zeh
sieben im Herz
sechs tut nicht weh.

Fünf noch im Sinn
und vier im Ohr
drei über zwei
drängelt sich vor.

Eins ist vergessen
und Null ouvert
ich zähl am Ende
auch mich nicht mehr.

Merkzettel

Die schönen Frauen
die ich nicht beschlief.

Das Vaterland
das ich nicht rief.

Die Traumgedichte
die ich mir nicht schrieb.

Sankt Brandans Insel
die mir übrigblieb.

Die Druckerei
die mich nicht druckt.

Der feige Tag
da ich nicht aufgemuckt.

Das schöne Leben
das ich nicht geführt.

Das ganze Elend
das mich nicht gerührt.

Bitte um Nachlaß

Bevor ich aus der Welt verschwind
wem soll ich überlassen
mein Wolfsgebiß mein Mörderherz
die Diebeshand das Hassen
mein Jammertal mein Zorngebirg
das Mundhand-Handmund-Leben
den Trauerkloß an dem ich würg
das unselige Geben
mein Winkelglück mein Unbehaust
das Hastebistehaben
der Mensch dem vor dem Menschen graust.
Kein Kind will meine Gaben.

1980
Haben wir

1982
Bis auf Weiteres

1984
Lazarus

1986
Besuch, Gedicht, Nie

1987
Die Tage, Die Schatten, Bußfertig, Lied als du gingst, Auferstehung, Bilanz, Abschied, Home Sweet Home, Merkzettel

1988
Triptychon, Die Rechnung, Abel, Sisyphos, Bitte um Nachlaß

1989
Tag, In Ordnung

1990
Wie sie, Hiob, Marsyas, Laura, Vom Strick, Nur Laura, Das Begräbnis, Sterntaler, Stilleben mit Gedichten, Auf allen vieren, Das Haus, Prometheus, Tierleben, Sächsische Schweiz, Shakespeare abgewickelt, Hilfsbereite Welt, Ende der Party, Springinsfeld, Derendorf, Die Geliebten

1991
Schwäche, Märchenhaft, Das Fenster,
Geschichte mit Engeln, November, Gelegenheit,
Gegenwart, Lied an der Düssel zu singen, In Nächten,
Wie du, Ausgetrunken, Auf ein Krokodil, Utopeia,
Über die Liebe, Odysseus, Der Lachende,
Der Genosse, Haarmann spricht, Ikarus, Baal,
Sommernachtstraum, Die Schauspielerin, Das Mobile,
Leda, Melusine, Die Arche, Aurora, Penthesilea,
Belindes Tod, Haus Nummer neunundzwanzig,
Ensemble aus Sezuan, Landschaft mit Einzelhändlern,
Circe, Gregor Samsa sucht Gott, Gemischtes Doppel,
Unwirsches Sonett, Eldorado, Sankt Brandans Eiland,
Büroschluß, In diesem Jahr, Bistro, Frankfurter Herbst,
Spitzbergen, Kanaan, Lewis Carroll ist in der Stadt,
Die Bekleideten, Schlechter Tag, Mein Engel, Es,
Mitteleuropa verbessert, Nachtstück, Brief,
Augustnacht

Ich

Du

Ihr

Sie

»... Und von nun an gehört Peter Maiwald zur ersten Reihe der deutschen Lyriker dieser Jahre...«
Marcel Reich-Ranicki

Peter Maiwald

Balladen von Samstag auf Sonntag
Gedichte
Band 10676

Guter Dinge
Gedichte
Band 10675

Das Gutenbergsche Völkchen
Kalendergeschichten
184 Seiten. Leinen. S. Fischer und
Band 11033

Springinsfeld
Gedichte
128 Seiten. Bütten. S. Fischer und
Band 12155

Wortkino
Notizen zur Poesie
Band 2375